文芸社セレクション

はくたとおる第二童話集

はくた　とおる

文芸社

目次

モグちゃんガマちゃん—十二

カエルのガマちゃんが友達のモグラのモグちゃんのところに遊びにきた。
ガマちゃん「おはよう。モグちゃん。元気だった？」
モグちゃん「おはよう。ガマちゃん。あいかわらず忙しくしてたよ。」
ガマちゃん「穴掘りのためかい？」
モグちゃん「新しい自転車を作っていたんだ。」
ガマちゃん「じゃ、見せてもらっていいかな？」
モグちゃん「いいよ。じゃ、こっちの穴から行こう。安全のために、照明《しょうめい》付きヘルメットとゴーグルと酸素《さんそ》ボンベを付けてね。」
ガマちゃん「これでいいかい？」
モグちゃん「オッケー。さあ、行こう。」
ガマちゃん「お願いします。」
モグちゃんとガマちゃんは穴をドンドン進んで、自転車置き場までやってきた。

モグちゃん「さあ、ついたよ。これが今度作った自転車なんだ。」
ガマちゃん「乗せてもらっていいかい?」
モグちゃん「もちろんさ。これは、太陽の光を利用するんだ。太陽電池で発電して、自転車をこぐのを助けてくれる。光量《こうりょう》メーターがついていて、一定以上光量《こうりょう》があれば、発電してくれる。充電量《じゅうでんりょう》のメーターもついているので、カラにならないようにしてくれれば、こぐのを補助《ほじょ》し続けてくれるんだ。
自転車専用道路で試運転してみよう。」
ガマちゃん「新しいからピカピカだね。自転車用のヘルメットをかぶるね。」
モグちゃん「そうだね。ボクもヘルメットをかぶるよ。まぶしさよけのサングラスもかけるね。それじゃ、道路に出よう。」
ガマちゃん「わかった。出発進行。」
モグちゃん「ミカン狩りをやっているところがあるから、そこに向かってみよう。」
ガマちゃん「それは楽しみだね。」
モグちゃん「自転車の補助《ほじょ》のスイッチを入れてみて。今、太陽がでているから、発電して、充電《じゅうでん》もできるよ。」
ガマちゃん「スイッチを入れたよ。うん、確かにペダルが軽くなった気がする。」
モグちゃん「うまくいっているね。じゃ、右に曲がろう。」

ガマちゃん「コンビニの反対側だね。田んぼが続いているよ。」
モグちゃん「イネのかりとりは終わっているから、来年のための準備をしているね。」
ガマちゃん「風が気持ちいいね。山もスッキリと見えていて、紅葉《こうよう》もこれからが本番だね。」
モグちゃん「栗《くり》や柿《かき》の時期だよね。」
ガマちゃん「ミカン狩りのノボリが見えてきたね。」
モグちゃん「あそこの峠《とうげ》を越えたところが入口だよ。自転車の補助を強めにして登ることにしよう。」
ガマちゃん「補助《ほじょ》がなかったら、とても登れないところだったね。助かったよ。」
モグちゃん「本当だね。もう一息だ。」
ガマちゃん「一番上までできたね。あとは下りるだけだね。補助《ほじょ》のスイッチはいったん切るよ。」
モグちゃん「下りる時は、逆に充電《じゅうでん》できるようにしてあるんだ。帰りのこともあるから、少しは役に立つだろう。」
ガマちゃん「やっとついたね。ミカン狩りをしよう。」
モグちゃん「おつかれさま。おいしそうだね。」
ガマちゃん「甘くておいしいね。おみやげにいくつかもって帰ろう。」

モグちゃん「そうだね。少し休んでから帰ることにしよう。」
ガマちゃん「天気が良くてよかったね。たくさん食べられたから満足したよ。」
　モグちゃんとガマちゃんは自転車で帰ることにした。
モグちゃん「峠《とうげ》を越えないといけないから、結構《けっこう》電気が必要だったね。」
ガマちゃん「残量《ざんりょう》が心配だね。」
モグちゃん「暗くならないうちに帰ろう。」
　もう少しでモグちゃんの自転車置き場につくところまできたところで、ついに残《ざん》量《りょう》がゼロになってしまった。疲れて補助《ほじょ》をたくさん使ったのと夕方が近づいて、光量が減ったのが原因だった。
モグちゃん「もう少しだったのにごめんね。」
ガマちゃん「あとは、補助《ほじょ》がなくても行ける距離《きょり》だから大丈夫だよ。」
　なんとか帰ってきた。
モグちゃん「最後に疲れちゃったね。」
ガマちゃん「今日はミカンも食べられたし、良かったよ。ありがとう。それじゃ、またね。バイバイ。」
モグちゃん「バイバイ。またきてね。」

おしまい

モグちゃんガマちゃん――十三

　カエルのガマちゃんが友達のモグラのモグちゃんのところに遊びにきた。
ガマちゃん「おはよう。モグちゃん。お久しぶり。」
モグちゃん「おはよう。ガマちゃん。お久しぶり。元気にしてたか、心配してたよ。」
ガマちゃん「ごめんね。チョットお祭《まつ》りの準備で忙しかったんだ。」
モグちゃん「へえー。それは大変だったね。それで準備は終わったのかい？」
ガマちゃん「うん、何とか間に合わせたよ。それで、今日の夕方は時間は空いている
　かい？」
モグちゃん「今日は空いているよ。」
ガマちゃん「そう、だったら、お祭《まつ》りにきてくれないかな。いつもお世話になってい
　るから、今回は案内するよ。」
モグちゃん「それはありがとう。じゃ、夕方寄らしてもらうよ。」
ガマちゃん「じゃ、待ってるよ。」

ガマちゃんは帰っていった。夕方近くなって、モグちゃんは出かける準備をしていた。

モグちゃん「さあ、そろそろ行くことにしよう。ガマちゃんのうちに行くにはこの穴がいいだろう。手みやげも持ったし、出発。」

モグちゃんは穴の中をドンドン進んでいって、出口にたどりついた。穴から顔を出すと、ちょうどガマちゃんが住み家から出てきたところだった。

モグちゃん「こんばんは。ガマちゃん。誘《さそ》ってくれてありがとう。これはおみやげだよ。」

ガマちゃん「こんばんは。モグちゃん。きてくれてありがとう。ごめんね、気をつかわせちゃって。」

モグちゃん「気にしないで。準備はもういいのかい？」

ガマちゃん「ちょうど終わったところなんだ。じゃ、案内するね。」

モグちゃん「お願いします。」

ガマちゃん「向こうは出店がたくさんでているので、行ってみよう。」

モグちゃん「おいしそうなものがたくさんあるね。」

ガマちゃん「何か気に入ったものがあったら言ってね。」

モグちゃん「ありがとう。このコンニャクはおいしそうだね。」

ガマちゃん「じゃ、このルーレットを回して、矢印の止まったところの数だけもらえるんだって。モグちゃん、回してみて。」
モグちゃん「エイッ！　やったー、6だね。」
ガマちゃん「すごいね。串《くし》にささっているのを6本もらおう。みそをつけて、はい、どうぞ。」
モグちゃん「ありがとう。温かくておいしいね。」
ガマちゃん「そうだね。じゃ、あそこでお茶をもらって一息つこう。」
　ガマちゃんとモグちゃんは休憩所《きゅうけいじょ》に入っていった。
ガマちゃん「はい、お茶をどうぞ。」
モグちゃん「ありがとう。ホッとするね。」
ガマちゃん「フー。そうだね。そろそろおみこしが通るころだから、待っていよう。」
モグちゃん「ちょうちんを持った人が何人かやってきたから、きたかもしれないね。」
ガマちゃん「ちょうどきたところだね。道のわきに出て見ることにしよう。ここが良さそうだ。どうぞ。」
モグちゃん「よく見えるね。立派なおみこしだね。トリのホウオウとガマちゃんによく似たカエルの像が乗っているね。スゴイネ、ガマちゃん。」
ガマちゃん「この辺はカエルを祭ってくれているんだよね。ありがたいことに。布の

　ノボリにも描いてあるんだ。」
モグちゃん「ホントだ。たくさんノボリが立っているね。」
ガマちゃん「おみこしが通過《つうか》したから、こんどはオドリの人達がくるよ。」
モグちゃん「オハヤシが聞こえてきたね。自然と体が動いてしまうよ。」
ガマちゃん「そんな曲だよね。自由に参加していいんだ。」
モグちゃん「じゃ、チョット踊《おど》ってみよう。」
ガマちゃん「上手、上手。」
モグちゃん「あーおもしろかった。今日は誘《さそ》ってくれてありがとうね。そろそろ遅くなってきたので帰ることにするよ。」
ガマちゃん「今日は、きてくれてありがとう。これはお祭《まつ》りのお祝いの赤飯とおまんじゅうだから持って帰ってね。」
モグちゃん「ありがとう。バイバイ。またね。」
ガマちゃん「バイバイ。またいくね。」

おしまい

モグちゃんガマちゃん―十四

カエルのガマちゃんが友達のモグラのモグちゃんのところに遊びにきた。
ガマちゃん「おはよう。モグちゃん。お変わりなく？」
モグちゃん「おはよう。ガマちゃん。相変わらずさ。」
ガマちゃん「車を運ぶ船があるんだって？」
モグちゃん「ああ、フェリーのことだね。」
ガマちゃん「そうそう。見に行けないかな？」
モグちゃん「そうだね。チョット調べてみよう。ちょうど午後の便があるみたいだから、見に行こうか？」
ガマちゃん「うん、行こう、行こう！」
モグちゃん「じゃ、自転車置き場まで、この穴から行くことにしよう。安全具を付けてね。」
ガマちゃん「うん。照明《しょうめい》付きヘルメットとゴーグルと酸素《さんそ》ボンベを付けるね。よし、これでいい。」
モグちゃん「オーケー。それじゃ、この穴から行こう。出発。」
ガマちゃん「お願いします。」
　モグちゃんとガマちゃんはドンドン穴を進み、自転車置き場についた。
モグちゃん「この自転車で行くから、自転車用のヘルメットをかぶってね。ボクはまぶしさよけのサングラスをかけるね。」
ガマちゃん「安全具はおいて、自転車用のヘルメットをかぶるね。」
モグちゃん「さあ、出発。」
　モグちゃんとガマちゃんは、自転車で、港《みなと》に向かって進んだ。お昼ごろにようやくフェリーの停泊《ていはく》している港《みなと》についた。
ガマちゃん「大きい船だね。車が次から次と積み込まれているね。」
モグちゃん「これは北の方に行くことになっているんだ。切符《きっぷ》を買ってきたから、乗ることにしよう。」
ガマちゃん「ワクワクするね。」
モグちゃん「景色を見れるように上の方にいこう。」
ガマちゃん「乾燥《かんそう》よけの日ガサを持っていくね。そろそろ出発だね。」
モグちゃん「今日は天気がいいから、空も海も真っ青だね。海鳥もたくさん飛んでいる。」

夕方になり、星空になった。

モグちゃん「明日の朝には着くから、下に行って休むことにしよう。」

翌朝、目的地についた。

ガマちゃん「やっとついたね。チョット寒いかもしれないね。」

モグちゃん「じゃ、船は下りて、電車に乗り換《か》えよう。」

ガマちゃん「そうだね。せっかくだから、観光《かんこう》していくことにしよう。」

ガマちゃんとモグちゃんは、電車で次の目的地についた。

モグちゃん「ここはこの土地最大の町なんだ。ここの通りをいってみよう。」

ガマちゃん「ビルの谷間に時計台が見えるね。」

モグちゃん「そうだね。向こうには、テレビ塔がある。あっ！　焼きトウモロコシを売っているから、買ってみよう。」

ガマちゃん「うーん。いいにおい。あまくておいしいね。」

モグちゃん「そうだね。北の町に来たって感じがするね。」

ガマちゃん「向こうには大学が見えるね。」

モグちゃん「有名なアメリカの先生の像があったり、敷地内《しきちない》に田んぼがあったりするんだ。」

ガマちゃん「ふーん。すごいね。」
モグちゃん「じゃ、そろそろ帰ることにしよう。帰りは電車で行くことにしよう。」
ガマちゃん「うん。駅に行くことにしよう。」
　モグちゃんとガマちゃんは、駅から電車に乗って地元の駅までもどってきた。
モグちゃん「ここからは、バスでもどることにしよう。」
ガマちゃん「となりのバス停にいこう。」
　モグちゃんとガマちゃんはバスで山のふもとまでもどってきた。
ガマちゃん「今回はどうもありがとう。フェリーにも乗れたし、北の町にも行けたし、楽しかったよ。」
モグちゃん「喜んでもらってうれしいよ。それじゃ、また来てね。バイバイ。」
ガマちゃん「バイバイ。またね。」

おしまい

モグちゃんガマちゃん—十五

カエルのガマちゃんが友達のモグラのモグちゃんのところに遊びにきた。
ガマちゃん「おはよう。モグちゃん。元気にしてたかい？」
モグちゃん「おはよう。ガマちゃん。元気いっぱいさ。」
ガマちゃん「電車には寝台車《しんだいしゃ》が通っているところがあるんだってね？」
モグちゃん「そうだね。むかしは普通のところでもあったけど、今は、観光用が主だね。新幹線《しんかんせん》ができたので、通常の移動には使わなくなったんだよ。」
ガマちゃん「ふうん。乗れるところはあるかな？」
モグちゃん「調べてみよう。人気があるから、予約を取るのは難しいみたいだね。」
ガマちゃん「それは残念だなあ。」
モグちゃん「線路を走っている寝台列車《しんだいれっしゃ》に乗ることはできないけれど、寝台列車《しんだいれっしゃ》をホテルとして使っているところはあるみたいだよ。」
ガマちゃん「そうなんだ。じゃ、それを見に行くことはできそうだね。」

モグちゃん「そうだね。じゃ、予約しておくから、準備ができたら、連絡するね。」
ガマちゃん「ありがとう。それじゃ、楽しみに待ってるよ。」
モグちゃんはスケジュールを立てることができたので、ガマちゃんに連絡し、出発の当日になった。
ガマちゃん「おはよう。モグちゃん。連絡ありがとう。ワクワクするね。」
モグちゃん「おはよう。ガマちゃん。早速出発することにしよう。この穴から行くので、安全具を付けてね。」
ガマちゃん「照明《しょうめい》付きヘルメットとゴーグルと酸素《さんそ》ボンベを付けるね。これでいいだろう。」
モグちゃん「出発しよう。」
モグちゃんとガマちゃんは、穴をドンドン進んでいって、出口までできた。バス停についてバスに乗り換《か》えた。バスで目的地についた。
モグちゃん「さあ、ついたよ。ここが、寝台車《しんだいしゃ》を宿泊施設《しゅくはくしせつ》として、使っているホテルだよ。」
ガマちゃん「線路の上に車両をそのまま乗せて、駅に停車《ていしゃ》しているようにしてあるんだね。」
モグちゃん「受付があるから、チェックインしてこよう。」

ガマちゃん「食堂車がついていて、そこで食事をすることになっているんだね。」
モグちゃん「売店には自動販売機《じどうはんばいき》がおいてあって、必要なものはそろえることができるんだ。手ぶらできても泊まるのに困らないようになっているんだ。」
ガマちゃん「それは便利だね。」
モグちゃん「それじゃ、寝台車《しんだいしゃ》のところに行ってみよう。」
ガマちゃん「ここは二段式ベッドになっているね。上の段には小さいハシゴで登って上がるようになっている。いつもと違う高さだとまた違った寝心地《ねごこち》だろうね。」
モグちゃん「ここは個室のようになっているところだ。ベッドが少し広めになっていて、ゆったりと休むことができそうだね。」
ガマちゃん「せっかくだから、二段ベッドの上の方に寝てみることにするよ。」
モグちゃん「わかった。じゃ、ボクは、下の段にしておくよ。そろそろ、食事に行ってみよう。」
　モグちゃんとガマちゃんは、食堂車にやって来た。
ガマちゃん「へえー。駅弁《えきべん》がメニューに載っているね。本当に電車に乗っているみたいで楽しいね。お茶も駅弁《えきべん》の時の仕様《しよう》になっているから気分がでるね。」
モグちゃん「電車好きにはたまらないよね。」

ガマちゃん「あー、おいしかった。」
モグちゃん「そうだね。寝台車《しんだいしゃ》の方にもどろう。」
　モグちゃんとガマちゃんは、寝台車《しんだいしゃ》にもどってきて、くつろいでいた。
ガマちゃん「夜景がきれいだね。」
モグちゃん「そうだね。いい夢が見られそうだ。」
　モグちゃんとガマちゃんは休むことにした。朝になって鳥がさえずっていた。
ガマちゃん「ああ、よく寝た。動いていないのは残念だけど、いい思い出になったよ。」
モグちゃん「そうだね。今となっては、貴重《きちょう》だよね。」
　モグちゃんとガマちゃんは、チェックアウトして、山のふもとに帰ってきた。
ガマちゃん「今回は思いがけず、懐《なつ》かしい駅弁《えきべん》も食べられたし、ありがとう。それじゃ、またね。バイバイ。」
モグちゃん「喜んでもらって、よかったよ。それじゃ、バイバイ。またね。」

おしまい

モグちゃんガマちゃん―十六

カエルのガマちゃんが友達のモグラのモグちゃんのところに遊びにきた。
ガマちゃん「おはよう。モグちゃん。元気そうだね。」
モグちゃん「おはよう。ガマちゃん。待ってたよ。」
ガマちゃん「何かあったかい？」
モグちゃん「今度、野球を見に行こうかと思っているんだけど、一緒に行くかい？」
ガマちゃん「へえー。ふうん。それはおもしろそうだね。で、いつ行くの？」
モグちゃん「急で申し訳ないけど、今日は空いているかい？」
ガマちゃん「大丈夫だよ。」
モグちゃん「それじゃ、早速行くことにしよう。この穴から行くから安全具を付けてね。」
ガマちゃん「照明《しょうめい》付きヘルメットとゴーグルと酸素《さんそ》ボンベだね。準備オッケー。」
モグちゃん「それじゃ、出発。」

モグちゃんとガマちゃんは、穴の中をドンドン進んで出口までできた。
モグちゃん「駅に出て、電車で行くことにしよう。まぶしさよけのサングラスをかけるね。」
ガマちゃん「ボクは、乾燥《かんそう》よけの日ガサを持っていくよ。」
モグちゃんとガマちゃんは、電車に乗っていた。
モグちゃん「この辺でナシを買うことにしよう。」
ガマちゃん「おいしそうだね。あまくて、みずみずしくていいね。」
モグちゃん「この辺の特産《とくさん》なんだ。」
しばらくして、目的の駅に着いた。
モグちゃん「ここで降りて、球場《きゅうじょう》に向かおう。」
ガマちゃん「海から近いんだね。」
モグちゃんとガマちゃんは、球場《きゅうじょう》に着いた。
ガマちゃん「グラウンドは広いね。」
モグちゃん「ちょうど試合が始まったところだ。地元の球団《きゅうだん》と西の方の球団《きゅうだん》なんだ。」
ガマちゃん「海風が強そうだね。」
モグちゃん「試合の結果に影響《えいきょう》しないといいけどね。」

ガマちゃん「飲み物を売っているね。買ってこよう。」
モグちゃん「麦茶でいいよ。」
ガマちゃん「そうだね。食べ物があったら手に入れてくるよ。」
モグちゃん「試合は、今はこうちゃく状態《じょうたい》だから、今のうちだね。」
ガマちゃん「買ってきたよ。麦茶とホットドッグをどうぞ。」
モグちゃん「ありがとう。おいしいね。」
ガマちゃん「試合を見ながらなんて、最高だね。」
モグちゃん「テレビで見るより臨場感《りんじょうかん》があるよね。」
ガマちゃん「あっ、ホームランが出た。ボールがアッという間に外野席まで飛んで
　行ったね。」
モグちゃん「ついに、均衡《きんこう》がやぶれたね。」
ガマちゃん「試合も中盤《ちゅうばん》にきて、動き出したね。」
モグちゃん「ピッチャーも代わって、代打も出たりして、一点勝負になってきたね。」
ガマちゃん「バントでランナーを進めて、追加点をねらってるね。」
モグちゃん「よし、打った。これで二点差だ。」
ガマちゃん「終盤《しゅうばん》になってきて、緊迫《きんぱく》してきたね。いよいよ、九回裏だね。ランナー一《いち》、二塁《にるい》で一発逆転だ。」

モグちゃん「二アウトで代打が出てきたね。フルカウントで粘っている。打ったー！高く上がってフェンスまで届いた。逆転サヨナラホームランだ。」
ガマちゃん「やったね。地元のチームが勝ったから、お祭《まつ》り騒ぎだね。花火まで上がっているよ。」
モグちゃん「いいものを見せてもらったよ。それじゃ、駅にもどろう。」
モグちゃんとガマちゃんは、電車に乗り、次の目的地に着いた。
モグちゃん「この辺は工場地帯で、夜はライトアップされているんだ。観光船を予約しておいたから、それに乗ろう。」
ガマちゃん「それは楽しみだね。」
船は、港《みなと》を出発して、工場の近くに移動した。
モグちゃん「背の高い施設が多いから、まるで、ビル群を見ているようだね。」
ガマちゃん「船も人で一杯だね。このクルーズは人気があるんだ。」
モグちゃん「この湾《わん》の周りは工場だけでなく、娯楽施設《ごらくしせつ》やホテルが見えたりするから、変化に富んでいて、おもしろいんだ。」
ガマちゃん「そうだね。海の風が気持ちいいよ。みんな写真を撮っていて、インスタ映えするね。」
モグちゃん「じゃ、夜景をバックに自撮りしておこう。ガマちゃんこっちによって。」

ハイ、チーズ。オッケー。そろそろ、このクルーズも終わりだから、帰ることにしよう。」

モグちゃんとガマちゃんは、駅にもどり、山のふもとまで帰ってきた。

ガマちゃん「今日は、野球を見て、夜景を楽しむことができてよかったよ。ありがとう。それじゃ、またね。バイバイ。」

モグちゃん「喜んでもらって良かったよ。それじゃ、バイバイ。またきてね。」

おしまい

モグちゃんガマちゃん―十七

カエルのガマちゃんが友達のモグラのモグちゃんのところに遊びにきた。
ガマちゃん「おはよう。モグちゃん。元気だったかい?」
モグちゃん「おはよう。ガマちゃん。おかげさまで元気だったよ。」
ガマちゃん「聞くところによると、軒先《のきさき》を走っていく電車があるんだって?」
モグちゃん「ああ、大仏と海の近くを走っている電車だね。」

ガマちゃん「見に行くことはできるかな？」
モグちゃん「うーん。大丈夫だと思うよ。今日は時間があるかい？」
ガマちゃん「空いているよ。」
モグちゃん「だったら、行ってみることにしよう。じゃ、この穴を通って近くの駅まで行こう。安全具を付けてね。」
ガマちゃん「照明《しょうめい》付きヘルメットとゴーグルと酸素《さんそ》ボンベだね。これでいいかい？」
モグちゃん「オーケー。それじゃ、この穴から行こう。」
ガマちゃん「お願いします。」
　モグちゃんとガマちゃんは、穴の中をドンドン進んで出口まできた。
モグちゃん「さあ、目的地まで電車で行くことにしよう。切符《きっぷ》をどうぞ。」
ガマちゃん「ありがとう。地下のホームは向こうだね。」
　モグちゃんとガマちゃんは、電車を乗りついで、目的地の近くの駅に着いた。
モグちゃん「近くに神社があるから見学して行こう。」
ガマちゃん「神社の名前の漢字は、ハトが向かい合っているように見えるね。」
モグちゃん「そうなんだ。このお菓子の形と似ているだろう。どうぞ。」
ガマちゃん「あまくて、おいしいね。お茶をもらってこよう。」
モグちゃん「ありがとう。参道《さんどう》が長いからゆったりしているね。少し休んだら、次に向かおう。」

モグちゃんとガマちゃんは、大仏のところまでやってきた。

モグちゃん「中に入れるから入ってみよう。」

ガマちゃん「中は空洞《くうどう》になっているんだね。一回りしてみよう。」

モグちゃん「時代を感じるよね。じゃ、外に出て、目的の電車のところに行こう。」

モグちゃんとガマちゃんは、近くの駅に着いた。

ガマちゃん「これかあ！　小さめの電車だね。乗ってみよう。」

モグちゃん「切符《きっぷ》をどうぞ。」

ガマちゃん「ありがとう。ワクワクするね。出発したね。線路のそばに家があったり、神社の参道《さんどう》を横切ったりしていて、生活に密着している感じがすごいね。スピードはゆっくりめだから、アブナイってことはないけれど、のんびりした様子がいいよね。」

モグちゃん「この辺は人との一体感があるよね。そろそろ、海が見えてくるよ。」

ガマちゃん「そうだね。今度は砂浜の近くを行くんだね。海や島が見えて、最初よりは開放感《かいほうかん》があるよね。船も見えるよね。」

モグちゃん「海水浴の季節だと大変な人数だろうね。そろそろ日が傾いてきたから、もどることにしよう。」

モグちゃんとガマちゃんは、電車を乗りついで、山の近くの駅までもどってきた。
モグちゃん「遅くなったから、バスで帰ることにしよう。」
ガマちゃん「そうだね。かなり遠出したからね。」
　モグちゃんとガマちゃんは、バスで、山のふもとまでもどってきた。
ガマちゃん「今日はありがとう。軒先《のきさき》を走る電車は楽しかったね。」
モグちゃん「喜んでもらえてうれしいよ。それじゃまた来てね。バイバイ。」
ガマちゃん「バイバイ。また来るよ。」

おしまい

モグちゃんガマちゃん―十八

カエルのガマちゃんが友達のモグラのモグちゃんのところに遊びにきた。
ガマちゃん「おはよう。モグちゃん。会いたかったよ。」
モグちゃん「おはよう。ガマちゃん。どうしたの？」
ガマちゃん「聞くところによると、神様が生まれることを知らせる絵があるんだってモグちゃん「ああ、西の方の美術館《びじゅつかん》の絵だね。」
ガマちゃん「テレビで見たんだけど、実物は見れないかな？」
モグちゃん「そうだね。チョット調べてみよう。今は他のところに貸し出しはしてないみたいだから、現地に行けば見られると思うよ。」
ガマちゃん「そうなんだ。モグちゃんは今日は空いてるかい？」
モグちゃん「空いてるよ。それじゃ、行ってみることにするかい？」
ガマちゃん「お願いします。」
モグちゃん「駅まで行くことにするから、安全具を付けてね。」
ガマちゃん「照明《しょうめい》付きヘルメットとゴーグルと酸素《さんそ》ボンベだね。これでいいかい？」
モグちゃん「オーケー。それじゃ、この穴から行こう。」
　モグちゃんとガマちゃんは穴の中をドンドン進んで行って出口に着いた。
モグちゃん「さあ、駅に行って切符《きっぷ》を買おう。」
ガマちゃん「今回はかなり距離があるね。」
モグちゃん「そうだね。でも、目的地は駅の近くだから、この方が便利だよ。」
　モグちゃんとガマちゃんは電車を乗りついで、目的地の近くの駅に着いた。
モグちゃん「駅の近くのビルの屋上は、夏はビアガーデンをやってたりするんだよ。」

ガマちゃん「ふうん。向こうが美術館《びじゅつかん》の方だね。」
モグちゃん「ここは昔の町並みを残してあって、通りの中央には川が流れているんだ。」
ガマちゃん「風情があるね。」モグちゃん「この喫茶店の隣が、美術館なんだ。」ガマちゃん「へえー。中はずいぶん広いね。いくつもの建物に分かれているね。」
モグちゃん「お目当ての絵は、中央の建物の中にあるよ。」
ガマちゃん「そうだね。奥の壁に設置してあるね。やっぱり本物は迫力があるね。」
モグちゃん「結構《けっこう》大きい絵だから、圧倒されるね。」
ガマちゃん「絵ハガキを売ってるみたいだから、おみやげに買って帰ろう。」
モグちゃん「そうだね。他にも色んなものがあるから、見てみることにしよう。」
ガマちゃん「有名な絵の写真にイタズラ書きした様なものがあるね。」
モグちゃん「これも芸術《げいじゅつ》のうちなんだよ。それじゃ、別の建物に行ってみよう。向こうのがいいかな。」
ガマちゃん「仏様の版画がたくさん展示してあるね。」
モグちゃん「世界的に有名な日本人の作品なんだ。さっきの絵が西洋なら、こちらの版画は東洋を表しているよね。」

ガマちゃん「両方の作品が見られてよかったよ。こちらの絵ハガキも買っていくことにしよう。」
モグちゃん「現代美術《げんだいびじゅつ》の方はなかなか分かりづらかったりするんだけど、作品を見て自分なりの感じ方ができて、何か触発《しょくはつ》されるものがあればいいのかなと思うよ。」
ガマちゃん「そうだね。ところで、ここまで来たから、海を渡ってみることにしようか？」
モグちゃん「そうだね。大橋を渡ればすぐだしね。」
　モグちゃんとガマちゃんは大橋を渡って、向かいの県までやってきた。
モグちゃん「ここはうどんが有名だよね。」
ガマちゃん「そうだね。それに有名な神社があるよね。」
モグちゃん「階段が多いから大変なんだけど、上ってみることにしよう。」
ガマちゃん「カゴに乗っていく人もいるね。運ぶのも大変だよね。」
モグちゃん「何とか上までたどり着いたね。」
ガマちゃん「大変だったけど、上からの眺めは格別だね。」
モグちゃん「お参りをして帰ることにしよう。」
ガマちゃん「みんなが健康でありますように。」

モグちゃん「おなごりおしいけど、行くことにしよう。」
モグちゃんとガマちゃんは電車を乗りついで、山の近くの駅に着いた。
ガマちゃん「帰りはバスで帰ろう。」
モグちゃん「そうだね。隣《となり》のバス停に行こう。」
モグちゃんとガマちゃんはバスで山のふもとにもどってきた。
ガマちゃん「今日はありがとう。絵も見れたし、版画もね。神社の階段は大変だったけど、上からの景色は良かったよね。」
モグちゃん「喜んでもらえてうれしいよ。それじゃ、帰ってゆっくり休んでね。バイバイ。またね。」
ガマちゃん「また来るよ。バイバイ。」

おしまい

モグちゃんガマちゃん―十九

カエルのガマちゃんが友達のモグラのモグちゃんのところに遊びにきた。

ガマちゃん「おはよう。モグちゃん。元気だったかい？」
モグちゃん「おはよう。ガマちゃん。すこぶる元気だったよ。旅行の計画を立てていたんだ。」
ガマちゃん「へえー。どこに行くの？」
モグちゃん「ヨーロッパに行ってみようと思うんだ。コロナ禍《か》も落ち着いてきたからね。」
ガマちゃん「そうだね。タイミングとしてはいいよね。」
モグちゃん「だから、一緒に行かないかい？」
ガマちゃん「それはありがたいなあ。一度は行ってみたいと思っていたんだ。」
モグちゃん「ヨシ。それじゃ決まりだ。一週間ぐらいかかるけど、大丈夫かい？」
ガマちゃん「さしあたって急な用事はないから、日程が決まり次第、準備を始めるよ。」
モグちゃん「じゃ、二週間後の出発でいいかい？」
ガマちゃん「オーケー。早速戻って準備を始めよう。それじゃ、またね。」
モグちゃんとガマちゃんは旅行の準備をすませて、出発の日がきた。大きめの荷物は空港に送っておいたので、手荷物だけだった。
モグちゃん「この穴で駅まで行くから、安全具を付けてね。」

ガマちゃん「いいよ。照明《しょうめい》付きヘルメットとゴーグルと酸素《さんそ》ボンベだね。これでいいかい？」
モグちゃん「いいよ。さあ、行こう。」
ガマちゃん「お願いします。」
モグちゃんとガマちゃんは穴の中をドンドン進んで出口まで来た。
モグちゃん「駅に行って、空港に行くことにしよう。」
ガマちゃん「今回はスマホで切符《きっぷ》を準備したから楽だね。」
モグちゃんとガマちゃんは電車を乗りついで、空港に着いた。
モグちゃん「搭乗手続《とうじょうてつづ》きと荷物の取り扱いもスマホでできるようにしておいたから、受付でタッチするだけでいいよ。」
ガマちゃん「助かるなあ。お金はカード決済《けっさい》ですするから、現金は持たないようにするね。その方が安全だから。」
モグちゃん「そうだね。それじゃ、飛行機に乗ることにしよう。」
ガマちゃん「ワクワクするね。天気もいいから、きっといい旅になるね。」
モグちゃんとガマちゃんは飛行機に乗って、ドイツの空港に着いた。
ガマちゃん「結構《けっこう》時間がかかったね。」
モグちゃん「さすがに遠いよね。観光で有名な街道に向かうことにしよう。バスで移動するね。」
ガマちゃん「中世《ちゅうせい》のお城や門がたくさんあるね。それに石畳の公園が街の中央にあるね。ドイツを流れる川では船の難所《なんしょ》が有名だね。」
モグちゃん「最後のお城は、白い鳥の城だね。中の装飾《そうしょく》は目に痛いくらいだよね。明日は、スイスの山に行くことにしよう。」
次の日、モグちゃんとガマちゃんはスイスの山に行った。登山列車で行くと、アルプスの山々や牧場が素晴《すば》らしい景色を見せてくれた。
モグちゃん「この山は、アルプスの中でも高いものの一つだよ。ガマちゃん。」
ガマちゃん「雪がすごいね。富士山《ふじさん》より高いところにいるなんて、不思議な気がするよね。」
モグちゃん「氷の壁《かべ》や家具のようなものまであって、ビックリだね。明日は、フランスの首都に行くことにしよう。」
次の日、モグちゃんとガマちゃんは、高速列車に乗って、首都に着いた。
モグちゃん「中央を流れる川に電波塔、凱旋門《がいせんもん》に歌劇場、寺院に美術館《びじゅつかん》、実際に観られるなんて、夢のようだね。」
ガマちゃん「チョット日本食が恋しくなってきちゃったね。」
モグちゃん「そうだね。夕食はラーメンとおにぎりにしよう。明日は宮殿に行くことにしよう。」

次の日、宮殿に着いたモグちゃんとガマちゃんは、広い庭を歩いたり、建物の中を見学したりした。

ガマちゃん「部屋の数が多すぎて、とても見きれないよね。」

モグちゃん「鏡の部屋や皇帝の戴冠式《たいかんしき》の絵を見たからヨシとするしかないよね。いよいよ明日は帰ることにしよう。」

次の日、モグちゃんとガマちゃんは空港に着いた。

ガマちゃん「アッという間だったよね。」

モグちゃん「ほんとだね。搭乗《とうじょう》手続《てつづ》きと荷物を預けてこよう。」

モグちゃんとガマちゃんは飛行機に乗り、日本の空港に着いた。

モグちゃん「荷物は宅配便にして、手ぶらで帰ろう。」

ガマちゃん「そうだね。じゃ、電車のホームに行こう。」

モグちゃんとガマちゃんは電車を乗りついで、山の近くの駅に着いた。そこから、バスでふもとまで帰った。

ガマちゃん「今回はありがとう。テレビでしか見たことがなかったところをたくさん見ることができて、夢のようだったよ。」

モグちゃん「喜んでもらえてうれしいよ。旅行の計画を立てた甲斐《かい》があったよ。」

ガマちゃん「今日は興奮《こうふん》して眠れないかもしれないよ。それじゃ、またね。バイバイ。」
モグちゃん「また来てね。バイバイ。」

おしまい

モグちゃんガマちゃん―二十

カエルのガマちゃんが友達のモグラのモグちゃんのところに遊びにきた。
ガマちゃん「おはよう。モグちゃん。元気かい？」
モグちゃん「おはよう。ガマちゃん。おかげさまで元気だよ。」
ガマちゃん「ところで、白いイルカがいるんだって？」
モグちゃん「ああ、モノレールのそばの水族館《すいぞくかん》だね。」
ガマちゃん「そうそう。見に行くことはできないかな？」
モグちゃん「ふうん。チョット調べてみよう。今日は開いているみたいだから、大丈夫だよ。」

ガマちゃん「じゃ、一緒に行こうよ。」
モグちゃん「そうだね。ボクも見たいと思っていたんだ。じゃ、この穴で行くことにしよう。安全具を付けてね。」
ガマちゃん「照明《しょうめい》付きヘルメットとゴーグルと酸素《さんそ》ボンベだね。これでいいかい？」
モグちゃん「それじゃ、駅で電車に乗ろう。」
ガマちゃん「分かった。」
　モグちゃんとガマちゃんは電車を乗りついで、モノレールの始発駅までやってきた。
ガマちゃん「へえー。無人運転なんだね。」
モグちゃん「初めて乗る時はビックリするよね。」
　モグちゃんとガマちゃんは水族館《すいぞくかん》の最寄《もよ》りの駅までやって来た。
ガマちゃん「水族館《すいぞくかん》の周りにも色々あるんだね。」
モグちゃん「遊園地《ゆうえんち》の中にあるような感じだね。」
ガマちゃん「早速、水族館《すいぞくかん》に行ってみよう。」
モグちゃん「切符《きっぷ》を買ってと。」
ガマちゃん「イルカのショウがあるんだね。」
モグちゃん「結構《けっこう》な高さまで飛び上がることができるんだね。人を乗せて泳いだりしてるね。」

ガマちゃん「訓練《くんれん》されてるね。」
モグちゃん「ショウが終わったから、展示用水槽《すいそう》の方に行こう。」
ガマちゃん「ああ。あったよ。白いイルカのいるところ。息でアワを出して、面白い形で出しているよ。うまいな。」
モグちゃん「インスタ映えするよね。記念撮影をしよう。ハイ、チーズ。」
ガマちゃん「今度はボクがとるよ。ハイ、チーズ。」
モグちゃん「それじゃ、そろそろ、外に出ることにしよう。」
ガマちゃん「海辺では、水上スキーのショウをやってるね。」
モグちゃん「大人数だから、合わせるのが大変だよね。」
ガマちゃん「向こうに行ってみよう。」
モグちゃん「海辺まで突き出ているジェットコースターがあるね。」
ガマちゃん「チョット勇気がいりそうだね。」
モグちゃん「そうだね。あとは、ウォータースライダーやメリーゴーランドとかだね。暗くなってきたから帰ることにしよう。」
モグちゃんとガマちゃんはモノレールに乗っていた。
モグちゃん「窓の外を見てみて。イルミネーションのような看板《かんばん》が見えるよ。」
ガマちゃん「光が動いて電車が動いているように見えるね。」

モグちゃん「スポーツの応援の時に使うライトにも使われているんだ。」
　モグちゃんとガマちゃんは電車を乗りついで、地元の駅まで戻ってきた。
モグちゃん「となりのバス停からバスで帰ろう。」
ガマちゃん「そうだね。」
　山のふもとまでバスで帰ってきた。
ガマちゃん「今日はありがとう。白いイルカを見ることができたし、一緒に写真がとれて楽しかったよ。」
モグちゃん「喜んでもらえてうれしいよ。それじゃ、また来てね。バイバイ。」
ガマちゃん「バイバイ。またね。」

おしまい

モグちゃんガマちゃん―二十一

　カエルのガマちゃんは、友達のモグラのモグちゃんのところに遊びにきた。
ガマちゃん「おはよう。モグちゃん。元気にしてたかい？」

モグちゃん「おはよう。ガマちゃん。忙しくしてたよ。」
ガマちゃん「へえー。どうしたの？」
モグちゃん「いつものように穴を掘ってたんだけど、チョット深く掘りすぎたみたいで、地下水が出てきてしまったんだ。」
ガマちゃん「温泉て言う訳でもないのかい？」
モグちゃん「残念ながら、温かい訳ではないんだ。」
ガマちゃん「何かに使えそうかい？」
モグちゃん「井戸水ぐらいかなあ。」
ガマちゃん「水の出方に勢いはあるのかい？」
モグちゃん「それは少しあって、今は下水に流しているところだよ。」
ガマちゃん「それなら、水車を付けて発電してみてはどうかなあ。」
モグちゃん「ふうん。ただ流しているよりは役に立つかもしれないよね。」
ガマちゃん「蓄電《ちくでん》できれば、必要な時に使えるからいいよね。」
モグちゃん「そうだね。じゃ、やってみるよ。」
　数日して、ガマちゃんがようすを見に来た。
ガマちゃん「どうだいモグちゃん。」
モグちゃん「ああ。ガマちゃん。今やっているところさ。水車を作って、それに発電機をつないだところだよ。これでライトがつけば確認できる。さあ、水車に水を流すよ。」
ガマちゃん「やったあ。ライトがついたね。」
モグちゃん「うん。これで蓄電器《ちくでんき》につないで、溜まればつかえるね。これまでは、太陽光発電だけだったから、天候に左右されていたけれど、これで、水が出ている限りは発電できるよ。」
ガマちゃん「電気が高くなっているからね。」
モグちゃん「そうだね。ここでは無理だけど、地面が温かいところなら、それでお湯をわかして、水蒸気《すいじょうき》で発電機を回してってこともできるよね。」
ガマちゃん「うん。風が強ければ、それでも発電できるよね。」
モグちゃん「確かに大きな風車が回っているところがあるよね。」
ガマちゃん「自然のエネルギーがもっと利用できるといいよね。」
モグちゃん「地球の温暖化《おんだんか》を防ぐのに少しでも貢献《こうけん》できればいいね。」
ガマちゃん「それじゃ、帰ることにするよ。バイバイ。またね。」

おしまい

モグちゃんガマちゃん―二十二

カエルのガマちゃんは、友達のモグラのモグちゃんのところに遊びにきた。
ガマちゃん「おはよう。モグちゃん。元気かい？」
モグちゃん「おはよう。ガマちゃん。元気だよ。」
ガマちゃん「聞くところによると、落差が大きい滝があるんだって？」
モグちゃん「ふうん。滝のそばにエレベーターがあるところかい？」
ガマちゃん「そうそう。」
モグちゃん「だったら、ここかな？　調べてみるね。うーん。ガマちゃん、これでいいかい？」
ガマちゃん「うん。ここでいいみたいだ。」
モグちゃん「そう。じゃ、行ってみるかい？」
ガマちゃん「今日は、空いてるから大丈夫だよ。」
モグちゃん「それじゃ、いつものように安全具を付けてね。この穴から行くことにしよう。」
ガマちゃん「照明《しょうめい》付きヘルメットとゴーグルと酸素《さんそ》ボンベだね。これでいいかい？」
モグちゃん「オーケー。じゃ、この穴へどうぞ。」
ガマちゃん「お願いします。」
　モグちゃんとガマちゃんは、穴の中をドンドン進んでいった。
モグちゃん「出口に着いたから、電車で行くことにしよう。」
ガマちゃん「スマホのタッチで改札を通過《つうか》しよう。」
　モグちゃんとガマちゃんは、電車を乗りついで、最寄《もよ》りの駅に着いた。
モグちゃん「ここからは、バスで行くことにしよう。」
ガマちゃん「そうだね。」
　モグちゃんとガマちゃんは、滝の最寄《もよ》りのバス停に着いた。
モグちゃん「着いたね。湖のそばにあって、向こうにエレベーター乗り場があるんだ。」
ガマちゃん「ワクワクするね。」
　モグちゃんとガマちゃんは、エレベーターで、展望台《てんぼうだい》までいった。
モグちゃん「水しぶきがすごいよね。」
ガマちゃん「虹《にじ》が見えているね。あんな高いところから落ちているんだね。カッパを着ている人もいるよね。」
モグちゃん「記念写真を撮ることにしよう。ガマちゃん、こっちに来て。滝をはさんで自撮りしよう。ハイ、チーズ。」
ガマちゃん「ありがとう。」
モグちゃん「じゃ、滝はこの辺にして、せっかくここまで来たから、次のところに行くことにしよう。」
　モグちゃんとガマちゃんは、またバスに乗って次の目的地に着いた。
モグちゃん「さあ、着いたよ。世界遺産《せかいいさん》として有名なところだよ。外国の観光客の人もいっぱいいいるよ。」
ガマちゃん「そうだね。あっ！　サルが三匹いるね。」
モグちゃん「あちらは、有名な門だよ。」
ガマちゃん「すごくきらびやかだね。よく作ったものだね。」
モグちゃん「感心するよね。でもこれはわざと完成してないことにするために、模様《もよう》が合わないところを作ってあるんだって。」
ガマちゃん「どうしてだい？」
モグちゃん「出来上がってしまうと、あとは、下り坂になってしまうから、いつまでも出来ていない、まだまだ完成のための努力が必要なんだと言うことを知らしめるためなんだよ。」
ガマちゃん「よくそこまで考えたものだね。」
モグちゃん「まったくね。じゃ、向こうに行ってみよう。」
ガマちゃん「ネコが寝ているね。」
モグちゃん「うん。よくできているよね。それじゃ、お参《まい》りをして帰ろう。」
モグちゃん「みんなが健康でありますように。」
　モグちゃんとガマちゃんは、バスで、電車の駅まで戻ってきた。
ガマちゃん「すごい坂があったね。目が回りそうだったよ。」
モグちゃん「そうだね。サルとかもたくさんいたよね。じゃ、電車で帰ろう。」
　モグちゃんとガマちゃんは、電車を乗りついで、地元の駅まで戻ってきた。そして、隣のバス停からバスで、山のふもとまで戻ってきた。
ガマちゃん「今日はありがとう。滝や世界遺産《せかいいさん》も見ることができて面白かったよ。」
モグちゃん「喜んでもらえてうれしいよ。それじゃ、また来てね。バイバイ。」
ガマちゃん「バイバイ。またね。」

おしまい

モグちゃんガマちゃん―二十三

カエルのガマちゃんは、友達のモグラのモグちゃんのところに遊びにきた。
ガマちゃん「おはよう。モグちゃん。元気にしてたかい？」
モグちゃん「おはよう。ガマちゃん。元気だよ。旅行の計画をたててたんだ。」
ガマちゃん「へえー。どこに行くの？」
モグちゃん「温泉に行こうと思っているんだ。」
ガマちゃん「それはいいね。」
モグちゃん「一緒に行くかい？」
ガマちゃん「スケジュールが合えば、行かせてもらうよ。」
モグちゃん「来週だけど空いているかい？」
ガマちゃん「うん。大丈夫だよ。」
モグちゃん「よかった。それじゃ、来週ね。」
一週間たって、モグちゃんとガマちゃんは、出発の準備をしていた。

モグちゃん「この穴から行くから、安全具を付けてね。」
ガマちゃん「照明《しょうめい》付きヘルメットとゴーグルと酸素《さんそ》ボンベだね。これでいいかい？」
モグちゃん「いいよ。さあ、行こう。」
ガマちゃん「お願いします。」
　モグちゃんとガマちゃんは、穴の中をドンドン進み、出口までやってきた。
モグちゃん「電車で空港に行くね。」
ガマちゃん「スマホで改札にはいるね。」
　モグちゃんとガマちゃんは、空港に着いた。
モグちゃん「今回は手荷物だけだから、スマホで搭乗手続《とうじょうてつづ》きをするね。」
ガマちゃん「楽ちんだね。」
　モグちゃんとガマちゃんは、飛行機で目的の空港に着いた。
モグちゃん「バスで町に行くことにしよう。」
ガマちゃん「町の中に入ると、路面電車《ろめんでんしゃ》が走っているね。」
モグちゃん「バスを降りて、路面電車《ろめんでんしゃ》に乗り換えよう。」
ガマちゃん「おもむきがあるね。」
モグちゃん「有名な温泉があって、路面電車《ろめんでんしゃ》から降りて、近くにあるんだ。」
ガマちゃん「映画でみた建物に似ているね。」

モグちゃん「モデルになったところで、ネコのことを書いた作家が来ていたことでも有名なんだ。」
ガマちゃん「今はもう数が減ってきているから、貴重だよね。」
モグちゃん「温泉に入ってから、休憩室《きゅうけいしつ》で休むことにしよう。」
ガマちゃん「心も体もゆったりしていいね。」
モグちゃん「のぼせたりしないうちに上がって、ゆっくりしよう。」
ガマちゃん「そうだね。本当のユデガエルになっちゃうよね。」
モグちゃん「ここが空いているから、ここで休ませてもらおう。」
ガマちゃん「おいしそうだから、途中で買ってきたお菓子があるから食べよう。」
モグちゃん「アンコをカステラで巻いたものだね。ここの名物なんだよ。」
ガマちゃん「おいしいね。」
モグちゃん「お茶をどうぞ。」
ガマちゃん「ありがとう。」
　モグちゃんとガマちゃんは、休憩《きゅうけい》してから町に出た。
モグちゃん「向こうでロープウェイに乗ろう。」
ガマちゃん「へえー。街並みがよく見えるね。」
モグちゃん「山の上にお城があって、観光地になっているんだ。」

ガマちゃん「なかなか複雑な構造《こうぞう》になっているよね。攻める方は大変だったろうね。」
モグちゃん「そうだね。上から物が飛んできたり、落ちてきたりするよね。」
ガマちゃん「上まで登ると、いい景色だよね。」
モグちゃん「じゃ、そろそろ戻ることにしよう。」
　モグちゃんとガマちゃんは、街中に戻ってきた。
ガマちゃん「おみやげ屋さんとかたくさんあって、楽しいよね。」
モグちゃん「見てるだけでもワクワクするよね。」
　モグちゃんとガマちゃんは、もう一度温泉に入って、ゆっくりした。
ガマちゃん「出歩いた後だから、疲れが取れるね。」
モグちゃん「今日は一泊して、明日帰ることにしよう。」
ガマちゃん「そうだね。」
　モグちゃんとガマちゃんは、次の日ゆっくりと、電車、バス、飛行機を乗りついで山のふもとに帰ってきた。
ガマちゃん「今回は、有名な温泉に行けたし、リフレッシュしたよね。ありがとう。」
モグちゃん「喜んでもらえてうれしいよ。また来てね。バイバイ。」
ガマちゃん「バイバイ。またね。」

おしまい

モグちゃんガマちゃん―二十四

カエルのガマちゃんは、友達のモグラのモグちゃんのところに遊びにきた。
ガマちゃん「おはよう。モグちゃん。元気にしてたかい？」
モグちゃん「おはよう。ガマちゃん。元気だったよ。」
ガマちゃん「聞くところによると、ソバをたくさん食べる競技《きょうぎ》があるんだってね？」
モグちゃん「ああ。わんこソバだね。」
ガマちゃん「そうそう。やってみることはできないかな？」
モグちゃん「調べてみるね。これなら駅のそばだから大丈夫そうだね。今日の予定は空いてるかい？」
ガマちゃん「空いてるよ。」
モグちゃん「それじゃ、電車で行ってくることにしよう。この穴から行くから、安全具を付けてね。」
ガマちゃん「照明《しょうめい》付きヘルメットとゴーグルと酸素《さんそ》ボンベだね。これでいいかい？」

モグちゃん「いいよ。それじゃ、出発。」
ガマちゃん「お願いします。」
　モグちゃんとガマちゃんは、穴の中をドンドン進んで出口までやってきた。
ガマちゃん「スマホで改札を抜けよう。」
モグちゃん「ヨシ。電車に乗ろう。」
　モグちゃんとガマちゃんは、電車を乗りついで、北の方にやってきた。
モグちゃん「駅の近くでやっているところがあるから、そこに行こう。」
ガマちゃん「ワクワクするね。」
モグちゃん「何杯食べられるかわからないけど、とりあえず、五十杯コースにしておこう。」
ガマちゃん「そうだね。ようすをみてみよう。」
モグちゃん「最初は調子がよかったけれども、三十杯超えたら、かなりきつくなってきたね。」
ガマちゃん「確かにね。でももったいないから、できるだけ頑張《がんば》ってみるよ。」
モグちゃん「そうだね。何とか五十杯まできたよ。」
ガマちゃん「うーん。何とかクリアーできたね。でも、もうこれ以上は無理だよ。」
モグちゃん「腹ごなしに外に出よう。バスで行くことにしよう。」

モグちゃんとガマちゃんは、バスで目的地に着いた。
モグちゃん「ここは有名なお寺なんだ。金色に輝いているお堂があるだろう。」
ガマちゃん「うん。きれいだね。観光客でいっぱいだね。」
モグちゃん「戦国時代《せんごくじだい》の有力な武士の一族が建てたんだ。」
ガマちゃん「ふうん。お、おいしそうなものがあるね。」
モグちゃん「うーん。小麦粉で作ったせんべいだね。なべに入れたりもするんだよね。今はとても食べられないから、おみやげに買って帰ろう。」
ガマちゃん「そうだね。帰ってから、ゆっくり食べることにしよう。」
モグちゃん「それじゃ、そろそろもどることにしよう。」
モグちゃんとガマちゃんは、バスと電車を乗りついで、山のふもとまで戻ってきた。
ガマちゃん「今日は、ありがとう。ソバも食べられたし、金色のお堂も見れたし。」
モグちゃん「喜んでもらえてうれしいよ。また来てね。バイバイ。」
ガマちゃん「バイバイ。また来るよ。」

おしまい

モグちゃんガマちゃん—二十五

カエルのガマちゃんは、友達のモグラのモグちゃんのところに遊びにきた。
ガマちゃん「おはよう。モグちゃん。元気だったかい？」
モグちゃん「おはよう。ガマちゃん。元気だったよ。」
ガマちゃん「聞くところによると、ボンショウをたくさん作っている町があるんだってね？」
モグちゃん「ああ。青銅製品《せいどうせいひん》を作っているところだね。調べてみよう。見学させてもらえるところもあるみたいだね。いってみるかい？」
ガマちゃん「そうだね。モグちゃんは大丈夫なの？」
モグちゃん「今日は大丈夫だよ。それじゃ、この穴から行くことにしよう。じゃ、安全具を付けてね。」
ガマちゃん「照明《しょうめい》付きヘルメットとゴーグルと酸素《さんそ》ボンベだね。これでどうだい？」
モグちゃん「いいよ。行くことにしよう。」

ガマちゃん「お願いします。」

　モグちゃんとガマちゃんは、穴の中をドンドン進んで出口に着いた。

モグちゃん「駅に行って、電車を乗りついで行くことにしよう。」

ガマちゃん「スマホのタッチで改札を抜けよう。」

　モグちゃんとガマちゃんは、目的の駅に着いた。

ガマちゃん「路面電車《ろめんでんしゃ》が走っているね。」

モグちゃん「春には、お祭りで、山車《だし》が出てるんだよ。」

ガマちゃん「大仏があったり、マンガのキャラクターの公園があったりするね。」

モグちゃん「むかし本屋だったところもそのまま残してあって、懐《なつ》かしいよ。」

ガマちゃん「動物園もあるんだね。」

モグちゃん「城址公園《じょうしこうえん》だったり、お寺もあったりするんだ。それでは、もっと先のところに行こう。」

ガマちゃん「青銅《せいどう》で作ったものが、たくさん展示してあるよ。」

モグちゃん「この辺は作っているところが多くあるんだ。ボンショウを見せてもらえるか聞いてみよう。……大丈夫だってさ。」

モグちゃんとガマちゃん「よろしくお願いします。」

ガマちゃん「粘土で作ったものから、型を取って、それに溶けた青銅《せいどう》を流し込んで、冷えて固まったものを取り出して、後は、表面を磨《みが》いて作るんだね。」
モグちゃん「小さいものなら、作らせてもらえるってさ。」
ガマちゃん「じゃ、ボクたちの置物を作らせてもらおう。粘土《ねんど》で作ってと。次は型を取ってと。溶けた青銅《せいどう》を注いでと。冷えてから取り出してと。できた。」
モグちゃん「よくできてるね。」
ガマちゃん「いいおみやげができたよ。」
モグちゃんとガマちゃん「ありがとうございました。」
モグちゃん「少し寄りたいところがあるから、寄ってくね。」
ガマちゃん「いいよ。」
モグちゃん「ここは、公園のマンガのキャラクターを描いた人の出身校なんだよね。」
ガマちゃん「へえー。地元のために絵を描いたんだね。」
モグちゃん「それじゃ、そろそろ戻ることにしよう。」
　モグちゃんとガマちゃんは、電車とバスを乗りついで、山のふもとに帰ってきた。
ガマちゃん「今日は、ありがとう。ボンショウも見れたし、置物も作れたし。」
モグちゃん「喜んでもらえてうれしいよ。それじゃ、また来てね。バイバイ。」
ガマちゃん「バイバイ。また来るよ。」

おしまい

モグちゃんガマちゃん―二十六

カエルのガマちゃんは、友達のモグラのモグちゃんのところに遊びにきた。
ガマちゃん「おはよう。モグちゃん。元気にしてたかい?」
モグちゃん「おはよう。ガマちゃん。待ってたよ。」
ガマちゃん「どうしたの?」
モグちゃん「研究《けんきゅう》機関《きかん》の見学会があるんだけど行くかい?」
ガマちゃん「おもしろそうだね。行こう。」
モグちゃん「それじゃ、この穴を使うから、安全具を付けてね。」
ガマちゃん「照明《しょうめい》付きヘルメットとゴーグルと酸素《さんそ》ボンベだね。これでいいかい?」
モグちゃん「オーケー。出発しよう。」
ガマちゃん「お願いします。」
モグちゃんとガマちゃんは、穴の中をドンドン進んで出口にやって来た。
モグちゃん「ここだよ。人が並んでいるから、付いて行ってみよう。」

ガマちゃん「ここが出発点のようだね。」
モグちゃん「電子を発生して加速しているんだ。」
ガマちゃん「最初はまっすぐにいくんだね。」
モグちゃん「それから、楕円《だえん》のリングの中に入れて、蓄積《ちくせき》しておくんだよ。」
ガマちゃん「ところどころに、小さな部屋のようなものがあるね。」
モグちゃん「電子が回っている間に光を出すから、それを使って、物質の構造や、種類を調べるんだよ。」
ガマちゃん「へえー。すごいね。」
モグちゃん「光の量が多いから、物質の量が少なくても、速く測定できるんだよね。」
ガマちゃん「だから、周りに小さな部屋がたくさんあって、みんなで測定しているんだね。」
モグちゃん「それじゃ、次の列に並んでみよう。」
ガマちゃん「今度は、地下に行くみたいだね。」
モグちゃん「地下にリングがあって、電子と陽電子をぶつけて、新しい粒子《りゅうし》を見つける実験をしているんだよ。」
ガマちゃん「へえー。それはビックリだね。」
モグちゃん「クォークと言う粒子《りゅうし》が六種類あることを提唱《ていしょう》した日本人の論文がノー

ベル物理学賞を受けることに役立ったんだよ。」
ガマちゃん「大したものだね。」
モグちゃん「リング内の衝突実験《しょうとつじっけん》の観測施設《かんそくしせつ》は数か所あって、ここはその一つなんだ。」
ガマちゃん「装置がいっぱいだね。」
モグちゃん「発生した粒子《りゅうし》の動きがすぐにわかるようになっていて、その動きからどんな粒子《りゅうし》が発生したかわかるようになっているんだ。」
ガマちゃん「すごい計測能力《けいそくのうりょく》だね。」
モグちゃん「実験を何度も繰り返して、統計誤差《とうけいごさ》を下げて、信頼度《しんらいど》を上げる必要があるんだ。」
ガマちゃん「時間がかかるんだね。」
モグちゃん「ここは、この辺にして、次の列に並んでみよう。」
ガマちゃん「ここは工作機械《こうさくきかい》があるね。」
モグちゃん「実験に必要なものを作るところなんだ。」
ガマちゃん「ここの実験に合わせて、必要な部品を作るんだね。」
モグちゃん「実験をしてみて、修正が必要になることもあるからね。見学もそろそろ終わりだから、帰ることにしよう。」

モグちゃんとガマちゃんは、穴に戻って、山のふもとに帰ってきた。
ガマちゃん「今日は、思いがけず見学できて、楽しかったよ。」
モグちゃん「喜んでもらえてうれしいよ。それじゃ、また来てね。バイバイ。」
ガマちゃん「バイバイ。また来るよ。」

おしまい

モグちゃんガマちゃん―二十七

カエルのガマちゃんは、友達のモグラのモグちゃんのところに遊びにきた。
ガマちゃん「おはよう。モグちゃん。元気にしてたかい？」
モグちゃん「おはよう。ガマちゃん。忙しかったんだ。」
ガマちゃん「どうしたの？」
モグちゃん「今度、穴掘り学会で発表することになったんで、発表と宿泊と移動の準備をしてたんだ。」
ガマちゃん「へえー。どこへ行くの？」

モグちゃん「旧東ドイツだよ。」
ガマちゃん「それは遠いね。」
モグちゃん「なかなか行けないところだから、一緒に行くかい？」
ガマちゃん「お邪魔《じゃま》じゃなければ行くよ。」
モグちゃん「同じ国の人は少ないから、心強いよ。」
ガマちゃん「それで、いつ行くの？」
モグちゃん「来月の初めだよ。数日かかるけど、空いてるかい？」
ガマちゃん「急ぎの用事はないから、なんとかなりそうだよ。」
モグちゃん「それはよかった。それじゃ、二人分予約しておくよ。」
　モグちゃんとガマちゃんは、旅行の準備をしていた。
モグちゃん「大きい荷物は空港に宅配便で送っておいたから、手荷物だけでいいよ。
　この穴から、行くから、安全具を付けてね。」
ガマちゃん「照明《しょうめい》付きヘルメットとゴーグルと酸素《さんそ》ボンベだね。これでいいかい？」
モグちゃん「いいよ。さあ、出発。」
　モグちゃんとガマちゃんは、穴の中をドンドン進んで出口に着いた。
モグちゃん「駅から電車を乗りついで、空港に行こう。」
ガマちゃん「スマホで改札を抜けよう。」

モグちゃんとガマちゃんは、空港に着いた。
ガマちゃん「荷物預けと、搭乗手続《とうじょうてつづ》きをスマホでやろう。」
モグちゃん「お金はスマホのカード払いにして現金は持たないようにするよ。」
ガマちゃん「その方が安全だね。」
　モグちゃんとガマちゃんは、飛行機に乗り、ドイツの空港に着いた。
モグちゃん「入国手続きと荷物の受け取りをスマホでやるね。」
ガマちゃん「今度は電車に乗り換《か》えだね。」
モグちゃん「今、旧西ドイツ側だから、東に向かうことになるよ。」
　モグちゃんとガマちゃんは、電車に乗った。
モグちゃん「中は数人入れる部屋みたいになっているね。」
ガマちゃん「距離が長いから、そうなっているのかもしれないね。」
モグちゃん「切符《きっぷ》の確認にきたね。」
ガマちゃん「なんとなくドキドキしちゃうね。」
　モグちゃんとガマちゃんは、途中で電車を乗り換《か》えて、目的地に着いた。
モグちゃん「ここはドイツの有名なレンズメーカーがあるところなんだ。」
ガマちゃん「へえー。街は古い建物と新しい建物が混在しているね。」
モグちゃん「チョット外れた道に行くと、旧東ドイツ時代の古くなって使っていないような建物があったりするんだ。」

モグちゃんとガマちゃんは、学会の会場であるホテルに着いた。モグちゃんは発表を終えて、他の人達の発表を聞いたりして、無事、学会は終了した。

モグちゃん「さあ、仕事は終わったから、見学したりしながら、帰ることにしよう。」

ガマちゃん「お疲れ様。街の中を歩いてみたけど、結構《けっこう》、アップダウンが多いところだね。」

モグちゃん「荷物を持って歩くのは大変だから、タクシーで駅まで行くことにしよう。」

モグちゃんとガマちゃんは、駅から、西に向かう電車に乗った。

モグちゃん「ここで電車を乗り換《か》えるから、一旦降りよう。」

ガマちゃん「駅前は、石畳《いしだたみ》の公園のようになっているね。」

モグちゃん「ヨーロッパらしいよね。」

モグちゃんとガマちゃんは、次の電車で空港のそばの街まで戻ってきた。

モグちゃん「ホテルに荷物をおいて、街を歩いてみよう。」

ガマちゃん「古い建物もお店や事務所として使われているね。」

モグちゃん「ここの建物は、有名な作家の住んでいた家で、記念館になっているんだ。」

ガマちゃん「観光客がたくさんいるね。中庭があったりするね。」
モグちゃん「この辺では、こう言う造りの家が多いよね。じゃ、そろそろ外に出てホテルに戻ることにしよう。」
ガマちゃん「そうだね。」
次の日、モグちゃんとガマちゃんは、空港に行って、飛行機に乗り、日本の空港に帰ってきた。
モグちゃん「それじゃ、電車とバスを乗りついで、帰ることにしよう。」
モグちゃんとガマちゃんは、山のふもとに戻ってきた。
ガマちゃん「今回は、思いがけず、外国に行けてよかったよ。」
モグちゃん「一緒に行けて、楽しかったよ。それじゃ、またね。バイバイ。」
ガマちゃん「バイバイ。また来るよ。」

おしまい

モグちゃんガマちゃん―二十八

カエルのガマちゃんは、友達のモグラのモグちゃんのところに遊びにきた。
ガマちゃん「おはよう。モグちゃん。元気だったかい?」
モグちゃん「おはよう。ガマちゃん。元気にしてたよ。」
ガマちゃん「映画で有名なお団子屋《だんごや》さんに行こうと思っているんだけど、一緒に行かないかい?」
モグちゃん「そうだね。電車を乗りついで行けば行けるから、行ってみようか。」
ガマちゃん「そうと決まれば、早速行こう。」
モグちゃん「じゃ、この穴を使うから、安全具を付けてね。」
ガマちゃん「照明《しょうめい》付きヘルメットとゴーグルと酸素《さんそ》ボンベだね。これでいいかい?」
モグちゃん「いいよ。じゃ、出発しよう。」
ガマちゃん「お願いします。」
モグちゃんとガマちゃんは、穴の中をドンドン進んで、出口まできた。

モグちゃん「駅から電車に乗ろう。」
ガマちゃん「スマホで改札を抜けよう。」
　モグちゃんとガマちゃんは、電車を乗りついで、目的の駅までできた。
ガマちゃん「お兄ちゃんと妹さんの銅像《どうぞう》があるよ。」
モグちゃん「よくできてるよね。そっくりだ。」
ガマちゃん「記念に写真を撮ろう。モグちゃん横に並んで。ハイ、チーズ。」
モグちゃん「向こうに団子屋《だんごや》さんがあるね。」
ガマちゃん「お団子《だんご》二人分下さい。」
モグちゃん「おいしいね。お茶が合うよね。」
ガマちゃん「帰る時に、おみやげに買って帰ろう。」
モグちゃん「そうだね。それじゃ、参道《さんどう》を行って、お寺に行ってみることにしよう。」
ガマちゃん「門をくぐってと。お線香《せんこう》の煙が出ているところがあるよ。」
モグちゃん「こちらでは水が出てて、柄杓《ひしゃく》で、汲《く》むことができるよ。」
ガマちゃん「せっかくだから、お参《まい》りして行こう。」
　モグちゃんとガマちゃん「みんなが健康でありますように。」
モグちゃん「それじゃ、境内の外に出て歩いてみよう。」
ガマちゃん「向こうの方に建物が立っているね。」

モグちゃん「映画の記念館だよ。」
ガマちゃん「入口のところにお兄ちゃんがいるね。」
モグちゃん「中に入ってみよう。」
ガマちゃん「映画の場面とかを表したものがいっぱいだね。」
モグちゃん「懐《なつ》かしいよね。それじゃ、また外に出てみることにしよう。」
ガマちゃん「近くに川があるんだね。」
モグちゃん「歌にもなった舟着き場があるんだ。」
ガマちゃん「このところ、テレビでカラスくんがよく話をしているよね。」
モグちゃん「それじゃ、戻ることにしよう。」
ガマちゃん「先程のお店に来たから、お団子《だんご》二人分、持ち帰りでお願いします。」
モグちゃん「おみやげも買ったから、電車に乗ろう。」
ガマちゃん「楽しかったね。」
モグちゃん「そうだね。ここから少し行ったところには、マンガで有名な派出所《はしゅつじょ》とか、屋上に自動車学校があるお店とかあって、興味《きょうみ》深いよね。」
ガマちゃん「あそこにある丸いものは何だい？」
モグちゃん「あれは紙を作る時に使う炉《ろ》なんだ。ラジオで話題になったことがあるんだ。」

ガマちゃん「色々と面白いものがあるんだね。」
モグちゃん「煙突《えんとつ》がカップの形のものもあったりするよ。」
ガマちゃん「へえー。電車に乗って、外を見ているだけでも色々な発見があるね。」
モグちゃん「それじゃ、電車を乗り換えて、帰ることにしよう。」
　モグちゃんとガマちゃんは、電車とバスを乗りついで、山のふもとに戻ってきた。
ガマちゃん「今日は、一緒に行ってくれて、ありがとう。楽しかったよ。じゃ、お団《だん》子《ご》、モグちゃんの分をどうぞ。」
モグちゃん「ありがとう。喜んでもらえてうれしいよ。それじゃ、またね。バイバイ。」
ガマちゃん「バイバイ。また来るね。」

おしまい

モグちゃんガマちゃん―二十九

カエルのガマちゃんが友達のモグラのモグちゃんのところに遊びにきた。

ガマちゃん「おはよう、モグちゃん。元気にしてた？」
モグちゃん「おはよう、ガマちゃん。元気だったよ。」
ガマちゃん「聞くところによると、春にスキーをやっているところがあるんだってね。」
モグちゃん「ああ、山の上に雪が残っているところでは、春でもスキーをやってるね。チョット調べてみよう。ここならやってるみたいだ。行ってみるかい？」
ガマちゃん「うん、行ってみたいな。」
モグちゃん「じゃ、早速行ってみよう。この穴を使おう。それじゃ、安全具を付けてね。」
ガマちゃん「照明《しょうめい》付きヘルメットとゴーグルと酸素《さんそ》ボンベだね。これでいいかい？」
モグちゃん「オーケー。じゃ、ついてきてね。」
ガマちゃん「お願いします。」
　モグちゃんとガマちゃんは、穴の中をドンドン進んで、出口についた。
モグちゃん「電車を乗りついで行くことにしよう。」
ガマちゃん「じゃ、駅の改札にいくね。スマホで通過《つうか》するよ。」
　モグちゃんとガマちゃんは、目的の駅についた。
モグちゃん「ここからは、バスで行こう。」

ガマちゃん「かなり山の上まできたね。」
モグちゃん「ここはお釜《かま》と呼ばれているところなんだ。」
ガマちゃん「確かに、周りからは、下がったところに山の中心が見えるね。」
モグちゃん「ここで、スキーを借りることにしよう。」
ガマちゃん「ワクワクするね。」
モグちゃん「さあ、準備ができたから滑《すべ》ることにしよう。まぶしさよけのサングラスをするね。」
ガマちゃん「ボクは、風よけにウインドブレーカーを着ておくことにするよ。」
モグちゃん「春になって雪が多少溶けたようになっているから、ころぶと濡《ぬ》れてしまうから、ゆっくりめにいった方がいいよ。」
ガマちゃん「ボクは濡《ぬ》れることにはなれているから大丈夫だけど、慎重にいくね。」
モグちゃん「じゃー、いこう。」
　モグちゃんとガマちゃんはゆっくりと雪の上を山の下の方へと滑《すべ》りはじめた。
ガマちゃん「太陽が照っていて、暑いくらいだね。」
モグちゃん「寒くないから助かるよ。」
ガマちゃん「バスで上がってきたところを下りている感じだね。」
モグちゃん「安全なところを選んで滑《すべ》っているからね。あそこで休憩《きゅうけい》しよう。」

ガマちゃん「何かおいしそうなものがあるよ。」
モグちゃん「ゆでた玉コンニャクだよ。」
ガマちゃん「二本ください。」
モグちゃん「お茶をどうぞ。」
ガマちゃん「あたたかくて、おいしいね。」
モグちゃん「一息ついたから、もう少し下におりて、次のところにいこう。」
　モグちゃんとガマちゃんは、スキーを返して、バスで次の目的地についた。
モグちゃん「ここは温泉街なんだ。」
ガマちゃん「川にそって旅館が続いているね。」
モグちゃん「おかみさんが、外国からきた人のところもあるんだよ。」
ガマちゃん「ああ、テレビで見たことがあるよ。」
モグちゃん「これから行くところは、もっと奥にある宿なんだ。」
　モグちゃんとガマちゃんは宿についた。
モグちゃん「早速お風呂に行ってみよう。」
ガマちゃん「わあー。外が直接見える露天風呂《ろてんぶろ》だね。」
モグちゃん「スキーで疲れたから、きもちいいよね。」
ガマちゃん「ふう。まさにゆでガエルになりそうな気持ち良さだね。」

モグちゃん「のぼせないうちに、部屋にもどることにしよう。」
ガマちゃん「そうだね。」
　次の日の朝、宿を出て、寄り道をした。
モグちゃん「ここは有名な俳句《はいく》が詠《よ》まれた山寺なんだ。」
ガマちゃん「けっこう険しいところにあるね。」
モグちゃん「近くにきたので、寄ってみたかったんだ。」
ガマちゃん「眺めはいいよね。」
モグちゃん「それじゃ、そろそろ帰ることにしよう。」
　モグちゃんとガマちゃんは、電車を乗りついで地元の駅まで戻ってきた。
モグちゃん「隣《となり》のバス停からバスで帰ることにしよう。」
ガマちゃん「一泊二日で疲れたからね。」
　モグちゃんとガマちゃんは山のふもとにもどってきた。
ガマちゃん「スキーができて楽しかったよ。それに温泉にまで入れたからね。ありがとう。」
モグちゃん「喜んでもらえてうれしいよ。またきてね。バイバイ。」
ガマちゃん「またね。バイバイ。」

おしまい

フクちゃんウサちゃん―一

フクロウのフクちゃんは、友達のウサギのウサちゃんの希望をかなえてあげたいと思っていた。

ウサちゃん「月にいるっていうウサギのところに行ってみたいなあ。」

フクちゃん「うーん。これは難題《なんだい》だなあ。」

色々考えたあげく、ある計画を思いついた。

フクちゃん「ウサちゃん。今でも月に行きたい気持ちは変わらないかい?」

ウサちゃん「前にもまして、行きたいと思っているんだ。今は民間の宇宙船《うちゅうせん》もあるくらいだから、何とかならないかな?」

フクちゃん「そうだね。火星に行こうかっていう時代だからね。」

ウサちゃん「とりあえずは宇宙《うちゅう》ステーションまではいきたいよね。」

フクちゃん「調べてみたら、宇宙船《うちゅうせん》の定員《ていいん》には人の枠のほかに、動物の枠があることがわかったんだ。申し込んでおいたから、チャレンジしてみてはどうかな。」
ウサちゃん「それはありがたいな。体力には自信があるんだ。」
フクちゃん「いつも飛び跳《は》ねてるからきっと大丈夫だよ。」
ウサちゃんは選抜試験《せんばつしけん》を受けに行った。
ウサちゃん「色んな動物が参加してたけど、冬眠する動物は長期の旅向きだろうなあ。短期の場合はボクの方が向いているかもしれないな。」
フクちゃん「何とかなりそうかい？」
ウサちゃん「全力を出してきたから、あとは結果待ちだね。」
しばらくして、結果が届いた。
ウサちゃん「フクちゃん、やったよ。乗せてもらえることになったよ。」
フクちゃん「良かったね。お祝いをしよう。」
満月の日にススキのところでダンゴをお供えして、夜通し、飲んだり食べたり、話をして過ごして、朝方、ようやく解散《かいさん》となった。数日して、ウサちゃんの訓練が始まった。体力的なものもあるけれども、宇宙船《うちゅうせん》の使い方や、不時着《ふじちゃく》した時のサバイバル方法、緊急連絡《きんきゅうれんらく》の方法など、何か不測の事態があった時のものが多かった。数か月の訓練の結果、ようやく出発の日が決まった。満月の日だった。
フクちゃん「いよいよだね。」

ウサちゃん「ついにこの日がきたよ。短いようで、長く感じることもあったんだ。でも今は、ワクワクしているよ。」

ウサちゃんは宇宙船《うちゅうせん》に乗って地上を離れていった。数時間で周回軌道《しゅうかいきどう》に乗り、宇宙《うちゅう》ステーションとのドッキングのタイミングをはかることになった。宇宙船《うちゅうせん》と宇宙《うちゅう》ステーションの速度が同じになった時、ドッキングした。ハッチが開けられ、宇宙船《うちゅうせん》から宇宙《うちゅう》ステーションへと移動した。その模様《もよう》は、パソコンの画面に映し出され、ウサちゃんも無事な姿を見せていた。

フクちゃん「おめでとう。ウサちゃん。夢の第一歩にたどり着いたね。」

ウサちゃん「ありがとう。フクちゃんのおかげだよ。」

ウサちゃんは一週間ほど宇宙《うちゅう》ステーションに滞在《たいざい》して、地上に戻ってきた。

ウサちゃん「貴重な体験をさせてもらったよ。」

フクちゃん「次回はいよいよ月をめざすことにしよう。」

ウサちゃん「そうだね。体を鍛《きた》えて、また、次のチャンスがきたらチャレンジしてみるよ。その時はまた協力してね。」

フクちゃん「もちろんさ。目標がある限りね。」

おしまい

フクちゃんウサちゃん―二

ウサギのウサちゃんは月にいるというウサギに会いたいと思っていた。友達のフクロウのフクちゃんは、その願いをかなえてあげたいと思っていた。
フクちゃん「おはよう。ウサちゃん。元気だった？」
ウサちゃん「おはよう。フクちゃん。毎日、体を鍛《きた》えるために、トレーニングしているんだ。この間、宇宙《うちゅう》ステーションに行くのに鍛《きた》えた習慣をせっかくだから続けたいと思ってね。」
フクちゃん「それは素晴《すば》らしいね。その調子なら、案外早く、月に行けるかもしれないね。」
ウサちゃん「うん。そう思ってやっているんだ。」
フクちゃん「ところで、この間、宇宙《うちゅう》ステーションに行った時に、食料として、お団子《だんご》を持って行ったんだって？」
ウサちゃん「そうなんだ。気分はでるよね。」

フクちゃん「十五夜《じゅうごや》だね。イメージトレーニングはバッチリだね。」
ウサちゃん「実際、この前の宇宙《うちゅう》ステーションの事務局から連絡があったんだ。」
フクちゃん「何だって？」
ウサちゃん「今度、月に行く選抜試験《せんばつしけん》があるんだけど、どうですかと言ってきたんだ。」
フクちゃん「へえー。やったね。もちろん、受けるんだよね。」
ウサちゃん「ああ。遂《つい》にチャンスが巡ってきたからね。鍛《きた》えていた甲斐《かい》があったよ。」
フクちゃん「応援するから、頑張《がんば》ってね。」
ウサちゃんはフクちゃんに見送られて、選抜試験《せんばつしけん》を受けに行った。
フクちゃん「お帰り。ウサちゃん。どうだった？」
ウサちゃん「何とか頑張《がんば》ってきたよ。行けるといいんだけど。」
しばらくして事務局から連絡があった。
ウサちゃん「フクちゃん。やったよ。遂《つい》に月に行けることになったよ。」
フクちゃん「すごいね。遂《つい》に長年の夢がかなうね。おめでとう。」
ウサちゃん「ありがとう。フクちゃんの協力の賜物《たまもの》だよ。」
ウサちゃんは月に行くためのトレーニングのために、出かけて行った。宇宙船《うちゅうせん》の取り扱い方や、トラブルが起きた時の対応の仕方が主なものだった。アッという間に数か月が過ぎてしまった。久しぶりにウサちゃんは帰ってきた。
フクちゃん「お帰り。どうだった？」
ウサちゃん「前の訓練に宇宙服《うちゅうふく》の取り扱いが加わった感じだったよ。」
フクちゃん「ふうん。いよいよ船外活動《せんがいかつどう》が始まるっていうところだね。」
ウサちゃん「来月の初めに宇宙《うちゅう》ステーションに行って、後半に月面に向かう船が着陸船を携《たずさ》えて行くことになっているんだ。」
フクちゃん「月までは数日かかりそうだね。」
ウサちゃん「うん。宇宙《うちゅう》ステーションに着いたら、また連絡するよ。」
フクちゃん「待ってるよ。パソコンの前で。」
ウサちゃんは宇宙《うちゅう》ステーションへと旅立って行った。
フクちゃん「ウサちゃん。元気かい？」
ウサちゃん「元気だよ。今、月へ行くための準備中なんだ。宇宙遊泳《うちゅうゆうえい》の練習もしているよ。再来週に出発予定なんだ。」
フクちゃん「じゃ、その後にまた連絡するね。」
しばらくして、ウサちゃんは月へと出発していった。数日して、月の周回軌道《しゅうかいきどう》に入った。月着陸船に乗り換《か》えて、徐々に月面へと近づいて行った。途中、前の着陸の跡を通過した。今回は月の表側の中央に着陸した。早速、宇宙服《うちゅうふく》で月面に降り立った。地球から見ると、ちょうどウサギの餅《もち》つきの中央付近である。ドローンを飛ばして上空から見ると、地球上の地上絵のようなものであって、かつて、月が誕生《たんじょう》したころに、だれかが描いていったもののようであった。
フクちゃん「こんにちは。ウサちゃん。月面はどうだった?」
ウサちゃん「ウサギはいなかったけれど、月面には太古からの地上絵のようなものがあることがわかったんだ。」
フクちゃん「そう。地殻変動《ちかくへんどう》か、星の衝突《しょうとつ》とかで、できたものかもしれないね。」
ウサちゃん「そうだね。月の長い歴史からすれば、十分に考えられることだね。それじゃ、もう少し調査をしたらもどることにするね。」
フクちゃん「待ってるよ。」
それから、ウサちゃんは数日で宇宙《うちゅう》ステーションにもどってきた。
フクちゃん「今回は期間が長いから大変だね。」
ウサちゃん「そうだね。でも終わってみるとアッという間だったよ。地上にもどったらまたよるね。」
ウサちゃんは宇宙《うちゅう》ステーションでリハビリをしてから、地上に戻ってきた。
フクちゃん「お疲れ様。ウサちゃん。」
ウサちゃん「今回はさすがに疲れたよ。でも、気持ちの上では当初の目的を果たしたから、心の中はスッキリしているよ。」
フクちゃん「そうだよね。ゆっくり休んでから、また日常にもどろう。」
ウサちゃん「ありがとう。次の目標が決まるまで、ゆっくりするよ。」
フクちゃん「決まったら連絡して。また、協力するよ。」
ウサちゃん「うん。また来るよ。バイバイ。」
フクちゃん「バイバイ。また来てね。」

おしまい

フクちゃんウサちゃん—三

ウサギのウサちゃんは次の目標として、火星に行きたいと思っていた。友達のフクロウのフクちゃんは、その願いをかなえてあげたいと思っていた。
ウサちゃん「おはよう。フクちゃん。元気かい？」
フクちゃん「おはよう。ウサちゃん。元気だったよ。」
ウサちゃん「このまえ連絡したように、次は火星に行こうと思っているんだ。」

フクちゃん「そう。ついに行くことに決めたんだね。」
ウサちゃん「うん。これから準備を始めようと思っているんだ。」
フクちゃん「ある国のトップも計画を実行すると言っているから、実現するのも近いと思うよ。」
ウサちゃん「それで、月に前線基地《ぜんせんきち》を作ることになったんだ。それを手伝ってこようと思っているんだ。」
フクちゃん「そうだね。そこから始めた方が却って早いかもしれないね。」
ウサちゃん「それで来月の初めから、チョット月に行ってくるよ。」
フクちゃん「立派な基地ができるといいね。」
ウサちゃん「そこから、火星に出る宇宙船《うちゅうせん》がでることになるから、色んな設備《せつび》を整えておく必要があるんだ。一旦宇宙《うちゅう》ステーションで準備して、それから、順次《じゅんじ》、月まで送って組み立てることになっているんだ。ゆくゆくは、食料の栽培《さいばい》も行う予定なんだ。」
フクちゃん「それはすごいね。宇宙《うちゅう》ステーションについたころ連絡するね。」
ウサちゃんは宇宙《うちゅう》ステーションに飛び立っていった。
フクちゃん「こんにちは。ウサちゃん。準備は進んでいるかい？」
ウサちゃん「こんにちは。フクちゃん。今は、色々な設備《せつび》をそろえているところなんだ。完了したら、いよいよ月に送るよ。」
フクちゃん「ウサちゃんは月に行くの？」
ウサちゃん「月では受け取る係の人がいることになっていて、全て送り終わったところで、今度は、応援《おうえん》として、月に行く予定だよ。」
フクちゃん「わかった。体に気をつけてね。月に着いたころ、また連絡するね。」
　ウサちゃんは月へと旅立って行った。
フクちゃん「月はどうだい？」
ウサちゃん「たまに地球を眺めたりしながら、設置作業《せっちさぎょう》をしているよ。今は、必要最低限なものだけだけど、今後、居住空間と、食料生産工場、それに火星行き宇宙船運行機関《うちゅうせんうんこうきかん》、月資源探査利用機関《つきしげんたんさりようきかん》が整備されて、本格的に月基地が始動する予定さ。」
フクちゃん「順調に進んでいるようだね。体調はどうだい？」
ウサちゃん「トレーニングを続けているよ。重力発生室も稼働《かどう》しているので、毎日入るようにしているよ。」
フクちゃん「なるべく地上と同じ状態を続けた方が体にはいいだろうから、それはいいよね。」
月基地の建設はこれからも続くけれども、火星行きの計画もまた進められていた。

ウサちゃん「こんにちは。フクちゃん。元気だったかい？」
フクちゃん「こんにちは。ウサちゃん。相変わらずだよ。」
ウサちゃん「今度、火星に行くメンバーに選ばれたんだ。」
フクちゃん「やったね。でも、長旅になりそうだね。」
ウサちゃん「そうだね。行くだけでも、数か月かかってしまうよ。連絡も余り頻繁《ひんぱん》にはとれないかもしれないけれど、着いたら連絡するよ。」
　ウサちゃんは、火星へと出発した。数か月が過ぎ、ようやく、火星の周回軌道《しゅうかいきどう》に着いた。火星の表面は、赤く、また、かつて液体があったかのようなスジも見ることができた。着陸地点としては、平たんな場所が選ばれた。着陸後、ウサちゃんから連絡した。
ウサちゃん「ごきげんよう。フクちゃん。今日、火星に着いたところだよ。」
フクちゃん「それは、おめでとう。体の方は大丈夫かい？」
ウサちゃん「トレーニングは続けていたんで、体調は維持《いじ》することができてるよ。明日から、付近の調査をすることになっているんだ。」
フクちゃん「じゃ、気をつけてね。」
ウサちゃん「また連絡するよ。それじゃ。」
　大体の調査も終わり、戻る時期が近づいていた。

ウサちゃん「しばらくぶりだね。フクちゃん。そろそろ交代の人がやってくるので、ボクはもどることにするよ。」
フクちゃん「お疲れさま。ウサちゃん。地球で待ってるよ。」
　ウサちゃん達は交代の人と入れ替わり、帰ることになった。今後も調査範囲《ちょうさはんい》を広げて有効利用《ゆうこうりよう》することになっていた。数か月が過ぎ、ウサちゃんが月基地にもどってきた。体調の検査とリハビリをして、宇宙《うちゅう》ステーション経由で地上に戻ってきた。
フクちゃん「お帰り。ウサちゃん。疲れてないかい？」
ウサちゃん「体は少々疲れているけど、気持ちの上ではスッキリしているよ。」
フクちゃん「それじゃ、疲れをとったら、また、一緒に何かを始めよう。」
ウサちゃん「そうだね。何か目標に向かっていいるっていいよね。」

おしまい

フクちゃんウサちゃん—四

ウサギのウサちゃんは木星の衛星《えいせい》に行くことを目指していた。友達のフクロウのフクちゃんは、それに協力したいと思っていた。
フクちゃん「木星自体への着陸は困難《こんなん》だけど、衛星《えいせい》の方なら大丈夫そうだね。」
ウサちゃん「そうなんだ。探査船《たんさせん》からの写真は、とられているけれど、直接行ってみた方がわかりやすいからね。」
フクちゃん「衛星《えいせい》の他にも隕石《いんせき》の衝突《しょうとつ》とかでも報告があったよね。」
ウサちゃん「映画でも扱われたりしているよね。」
フクちゃん「まともに行ったら、大変な時間がかかるよね。」
ウサちゃん「そこなんだけど、新しいエンジンを使おうと思っているんだ。反重力エンジンとワープエンジンの二つだよ。」
フクちゃん「ふうん。それなら、速く行けるかもしれないね。」
ウサちゃん「どちらも新しいエンジンを使うから、テストに時間が必要なんだ。」
フクちゃん「じゃ、そのテストに協力するよ。」
ウサちゃん「ありがとう。まずは反重力エンジンからなんだ。」
フクちゃん「反重力子を生成して放出することによって、推力《すいりょく》を得ることができるんだ。重力が大きめのところで使用するのがいいと思うよ。」
ウサちゃん「地球から宇宙空間《うちゅうくうかん》に出る時と、木星の衛星《えいせい》の近くから、衛星《えいせい》に降りる時に使うのがよさそうだね。次にワープエンジンだけど、どうだろう？」

フクちゃん「超光速の粒子《りゅうし》を出して、周りに障害物《しょうがいぶつ》が少なくて、空間と空間との間を行き来するのにいいと思うよ。」
ウサちゃん「それなら、地球や宇宙《うちゅう》ステーションより向こうの空間から、木星の衛《えい》星《せい》の近くの空間への移動に使えるね。でも、何回かに分けないといけないのかなあ？」
フクちゃん「ワープエンジンの出力の大きさによるよね。今の段階では、まだ一気にというわけにいかないから、何回かに分けて行った方がいいと思うよ。」
ウサちゃん「そう。それなら、二—三回に分けて行くことにしよう。途中、エネルギーを補充《ほじゅう》しながら行くしかないなあ。」
フクちゃん「月と火星で様子を見ながら、エネルギーを補充《ほじゅう》して行けば、何とか木星まで行けないかなあ。」
ウサちゃん「出力が足りないようなら、ワープエンジンにアクセレレーターを追加して確認してみるしかないね。」
フクちゃん「そうだね。あとは、やってみるしかないよね。」
ウサちゃんとフクちゃんは早速、反重力エンジンのテストを始めた。
ウサちゃん「これは比較的、短い距離だから、何とかなりそうだね。」
フクちゃん「何回か、地上と行ったり来たりしてみれば、使えそうだね。次はワープエンジンを使ってみよう。宇宙《うちゅう》ステーションと月の間なら比較的すいているからいいと思うよ。」
ウサちゃん「うーん。じゃ、テストしてみるね。ワープエンジン始動。」
フクちゃん「順調に動き出したね。あとは移動距離の問題だね。」
ウサちゃん「初めは、無理しないで、短めにしておくよ。」
フクちゃん「そうだね。少しずつ距離を伸ばしていこう。」
ウサちゃん「さあ、止めて、様子を見てみよう。」
フクちゃん「うーん。ちょうど、地球から月までと同じぐらいの距離を移動したみたいだね。」
ウサちゃん「最初としては、上出来だね。」
フクちゃん「そうだね。調子が出てくれば、もっと伸びるかもしれないね。」
ウサちゃん「じゃ、次は少し伸ばしてみよう。ワープエンジン始動。」
フクちゃん「さっきよりはよさそうだね。」
ウサちゃん「じゃ、この辺で止めてみよう。」
フクちゃん「今度は、地球から月までの距離の二倍ぐらいまでいったね。」
ウサちゃん「この調子なら、何とかなりそうだね。とりあえず、火星までいってエネルギーの補給《ほきゅう》ができるといいね。」

フクちゃん「そうだね。ただ、木星に行くにはこれでは出力が足りないから、アクセレレーターを付けた方がやはり良さそうだね。」
ウサちゃん「うん。火星に着いたら、アクセレレーターを付けて、一挙に距離を稼《かせ》ぐことにしよう。」
フクちゃん「それがいいよ。このままでは到達できそうもないからね。」
ウサちゃん「ヨシ。火星に着いたから、アクセレレーターを付けよう。」
フクちゃん「これで何とかなりそうだね。」
ウサちゃん「さあ。出発しよう。」
フクちゃん「オーケー。」
何回か繰り返して、ついに木星の衛星《えいせい》の近くにたどり着いた。
ウサちゃん「じゃ、反重力エンジンに切り替えて着陸しよう。」
フクちゃん「イヨイヨだね。」
ウサちゃん「できるだけ平たんなところにしておくよ。」
フクちゃん「着陸したね。早速、宇宙服《うちゅうふく》に着替えて、外に出てみよう。」
ウサちゃん「ヨシ。行こう。」
フクちゃん「月面と似たような感じだね。」
ウサちゃん「そうだね。資源調査《しげんちょうさ》をして、有効に使えるようにしたいものだよね。」

フクちゃん「それじゃ、戻ることにしよう。」
ウサちゃん「そうしよう。」
ウサちゃんとフクちゃんは宇宙船にもどり、地球に帰ってきた。
ウサちゃん「何とか行くことができてよかったよ。」
フクちゃん「そうだね。エンジンの方も次第に改良されていくだろうから、もう少し時間は短縮《たんしゅく》されるよ。」
ウサちゃん「うん。そうしたら、また、次の星に行くことにしよう。」
フクちゃん「分かった。じゃ、次に行く時は、また連絡してね。バイバイ。」
ウサちゃん「バイバイ。またね。」

おしまい

フクちゃんウサちゃん—五

ウサギのウサちゃんは土星の輪の近くでの観測《かんそく》を目指していた。友達のフクロウのフクちゃんは、それに協力したいと思っていた。

フクちゃん「土星の輪って面白いよね。」
ウサちゃん「そうだよね。遠くから見て、あんなきれいな輪の形をしているなんて、不思議だよね。」
フクちゃん「大きな衛星《えいせい》になれなかったものや、流星やそのかけらなんかが、土星の重力に引っ張られて輪になっているんだね。他の星でも同じことは起こっていると思うけど、その数が多いんだね。ひょっとすると、大きな衛星《えいせい》があったものが、何かとぶつかって小さくなったものの一部が回っているのかもしれないね。」
ウサちゃん「回っているものの形を見れば原因がわかるんじゃないかな。」
フクちゃん「元素分析《げんそぶんせき》もできるといいよね。」
ウサちゃん「そうだね。とにかく準備をして行ってみよう。」
　ウサちゃんとフクちゃんはレーザー計測器《けいそくき》と元素分析器《げんそぶんせきき》を持って宇宙船《うちゅうせん》に乗り込んだ。まず反重力エンジンで宇宙空間《うちゅうくうかん》に出て、それから、ワープエンジンで移動して火星に着いた。火星でアクセレレーターを取り付けて、ワープして、木星の付近に出て、それから、土星の付近にたどり着いた。
ウサちゃん「早速、レーザー計測器《けいそくき》で形状や大きさの分析をして、元素分析器《げんそぶんせきき》で物質の種類を調べてみよう。」

フクちゃん「ヨシ。計測開始《けいそくかいし》だ。」
ウサちゃん「結構《けっこう》、大きさはバラバラで、形もまちまちだね。回っている間に衝突《しょうとつ》を繰り返して、小さくなったり、角が取れたりしているみたいだ。」
フクちゃん「元素分析《げんそぶんせき》ではあまり差はでていないなあ。たまに氷のかけらを示すものがあるから、彗星《すいせい》のホウキ部分の粒を土星の重力でとらえて、輪の一部になったものがあるみたいだ。」
ウサちゃん「今回の分析だけではハッキリしたことは言えないから、何回かやってみて、有意差《ゆういさ》が出るかどうか確かめる必要がありそうだ。」
フクちゃん「そうだね。でも、中世の科学者が望遠鏡《ぼうえんきょう》で見るしかなかったものを、今は直接確かめることができるんだから、それだけでも、たいしたものだね。」
ウサちゃん「少しずつだけど確実に進歩しているよね。」
フクちゃん「土星の形から、水素元素の原子核《げんしかく》と電子の構造《こうぞう》が議論されている訳だから、ある意味、重要な星だよね。」
ウサちゃん「考えるヒントにはなっているよね。」
フクちゃん「じゃ、そろそろ帰ることにしよう。」
ウサちゃん「そうしよう。地球に向けて出発。」

フクちゃんとウサちゃんはワープを繰り返し、火星を経由して、地球に戻ってきた。
ウサちゃん「今回は計測《けいそく》に付き合ってくれてありがとう。助かったよ。」
フクちゃん「お安い御用《ごよう》さ。また何かあったら、声をかけてよ。」
ウサちゃん「オーケー。それじゃ、またね。バイバイ。」
フクちゃん「バイバイ。またね。」

おしまい

フクちゃんウサちゃん―六

ウサギのウサちゃんはブラックホールを近くで観察したいと思っていた。友達のフクロウのフクちゃんは、それに協力したいと思っていた。
ウサちゃん「ブラックホールって不思議だよね。光も外に出られないって。」
フクちゃん「そうだね。非常に小さいブラックホールだと、重力波とかで放出しているエネルギーによって蒸発《じょうはつ》してしまうとかで、宇宙誕生《うちゅうたんじょう》の初期にはたくさんあったのが、今は減っているみたいだね。」

ウサちゃん「そんな小さいのは見つけられないかもしれないから、とりあえず、大きいブラックホールを見てみたいものだよね。」
フクちゃん「離れて見ている分には問題ないから、どこまで近づけるかといったところかな。」
ウサちゃん「今は望遠鏡《ぼうえんきょう》で見ている程度だから、ボクらの宇宙船《うちゅうせん》でいけば、かなり近づけるよね。」
フクちゃん「ヨシ。テストしてみよう。」
ウサちゃん「反重力エンジン始動。」
　フクちゃんとウサちゃんは、地球と月の間の宇宙空間《うちゅうくうかん》に移動した。
フクちゃん「じゃ、ワープするね。」
　フクちゃんとウサちゃんは、何回かワープを繰り返して、ブラックホールの近くまでやって来た。
フクちゃん「確かに中心部分は何も見えない感じだね。」
ウサちゃん「その周りの状態の変化から見るしかなさそうだね。」
フクちゃん「重力レンズ効果で、ブラックホールの後ろの景色が本来の位置よりずれて見えるので、それを観測《かんそく》すれば、大きさや、重さがわかるよね。」
ウサちゃん「年齢もわかるよね。」

フクちゃん「いくつかのブラックホールを観測《かんそく》すれば、より正確な情報が得られるね。」

ウサちゃん「じゃ、もう一つのブラックホールに行ってみよう。今度は、普通の星とブラックホールの連星《れんせい》になっていて、お互いの周りを回っているんだ。」

フクちゃんとウサちゃんはまたワープを繰り返して、次のブラックホールの近くに着いた。

フクちゃん「普通の星の物質がブラックホールに吸い込まれて、その時に電磁波《でんじは》を出すので、それを観測《かんそく》すれば、さらに詳しい情報が得られるよね。」

ウサちゃん「そうだね。今回はこの辺で終わりにして、地球に戻ることにしよう。」

フクちゃん「オーケー。じゃ、ワープエンジン始動。」

フクちゃんとウサちゃんは何回かワープを繰り返して、地球にもどってきた。

フクちゃん「今回は、不思議な物を近くで見ることができて、楽しかったよ。」

ウサちゃん「うん。また次の目標がきまったら連絡するよ。バイバイ。」

フクちゃん「バイバイ。またね。」

おしまい

解説

藤村　陽子

自宅の庭に毎年出てくるモグラとカエルに名前をつけました。モグラのモグちゃんは、庭に穴をボコボコたくさん開けていました。カエルのガマちゃんは、近所の池に棲んでいたのですが、自宅の庭によく遊びに来ました。この庭で二人は会話をしていて、気の合った二人は、たまに庭を飛び出して、旅に出かけました。そこで、戻ってきた時に、旅先であった出来事を二人で話しているのを聞いて、童話として書きました。

おしまい

謝　辞

この本の作製に携わって頂きました多くの方々に、この場をお借り致しまして、厚くお礼申し上げます。また、はくたとおるは、支えてくれた家族に対しまして、感謝致します。

はくたとおるの本好評発売中

モグちゃんガマちゃん

A5横並判・16頁・本体価格900円・2023年
ISBN978-4-286-24230-9

暖かくなってきたので、モグラのモグちゃんが土の中から頭を出した。そこへ冬眠から起き出したカエルのガマちゃんが、「しばらく」とモグちゃんにあいさつをした。「やあ、久しぶり」とモグちゃんが答えた。ガマちゃんとモグちゃんが織りなす、地面の下での大冒険。ガマちゃんの照明付きのヘルメット・ゴーグルと酸素ボンベをつけた姿にも注目。

著者プロフィール
はくた とおる
本名、藤村　亨。富山県出身。

東北大学理学修士、筑波大学工学博士。

JFEスチール研究所主任研究員、工業所有権協力センター副主幹。

現在、童話の執筆、量子コンピュータの計算方法に関する論文の欧文学術雑誌への投稿多数。

著書『モグちゃんガマちゃん』（文　はくたとおる、絵　千歳みちこ、2023年、文芸社）、『はくた　とおる　童話集』（2024年、文芸社）

SNSブログアドレス、pandadaisuki8102.

カバーイラスト：千歳みちこ

はくたとおる第二童話集

2025年１月15日　初版第１刷発行

著　者　はくた とおる
発行者　瓜谷 綱延
発行所　株式会社文芸社
〒160-0022　東京都新宿区新宿1－10－1
電話　03-5369-3060（代表）
03-5369-2299（販売）

印　刷　株式会社文芸社
製本所　株式会社MOTOMURA

ISBN978-4-286-26103-4